AF359610

ÉNÉE

ET

LAVINIE,

TRAGÉDIE.

REPRÉSENTÉE POUR LA PREMIERE FOIS

PAR L'ACADÉMIE-ROYALE

DE MUSIQUE,

Le Mardi 14 Février 1758.

PRIX XXX SOLS.

AUX DÉPENS DE L'ACADÉMIE,

A PARIS, Chez la V. Delormel & Fils, Imprimeur de ladite
Académie, rue du Foin, à l'Image Ste. Geneviéve.

On trouvera des Livres de Paroles à la Salle de l'Opera.

M. DCC. LVIII.

AVEC APPROBATION ET PRIVILEGE DU ROI.

Les Paroles de feu M. DE FONTENELLE.
La Musique de M. DAUVERGNE, Maître
de la Musique de la chambre du Roi.

ACTEURS CHANTANTS
DANS LES CHŒURS.

CÔTE' DU ROI.		CÔTE' DE LA REINE.	
Mefdemoifelles.	*Meffieurs.*	*Mefdemoifelles.*	*Meffieurs.*
Larcher.	Lefevre.	Daliere.	S. Martin.
Le Tourneur.	Le Page.	Maffont.	Gratin.
Chefdeville.	l'Evefque.	Adélaïde.	Le Mefle.
Cazau.	Antheaume.	Lachanterie.	Albert.
La Croix.	Paris.	Dauger.	L'Ecuyer.
Salaville.	Scelle.		Chappotin.
Gaulthier.	Rofe.	Héry.	
	Robin.		Feret.
Dubois c.	Antheaume.	Edmée.	Favier.
Durand.	Parant.		Du Perrier.
		Emilie.	Laurent.

ACTEURS

JUNON,	Mlle Chefdeville.
VÉNUS,	Mlle Lemiere.
IRIS,	Mlle Lemiere.
LE ROI,	Mr Larrivée.
LA REINE,	Mlle Davaux.
LAVINIE,	Mlle Fel.
TURNUS,	Mr Gélin.
ILIONÉE,	Mr Person.
CAMILLE,	Mlle Rivier.
L'OMBRE DE DIDON,	Mlle Sixce.
ÉNÉE,	Mr Poirier.
LE GRAND PRÊTRE de Janus,	Mr Pillot.
PREMIER FAUNE,	M^r. Pillot.
SECOND FAUNE,	Mr Albert.
L'ORACLE DE FAUNUS,	Mr Desbelles.
UNE TROYENNE,	Mlle. Arnoud.

PRÊTRES DE JANUS.

SOLDATS RUTULES.

SOLDATS TROYENS.

PEUPLES LATINS.

PERSONNAGES DANSANTS.

ACTE PREMIER.

PEUPLES LATINS.

M. Lyonnois.

M^{rs}. Henry, Dupré, Rivet, Hus, Trupty,
Desplaces.

Mlle Carville.

Mr Dubois,   Mlle Chaumard.

Mlles. Chevrié, Marquise, Mescar, Asselin,
Morel, Martigni.

ACTE SECOND.

FAUNES ET DRIADES.

Mʳ. LANY.

Mʳ. LAVAL.

Mˡˡᵉ LANY.

Mʳ. LELIEVRE, Mˡˡᵉ. RIQUET.

Mʳˢ. Hyacinte, Rivet, Hus, Desplaces.

Mˡˡᵉˢ. Morel, Thételingre, Procope, Martigni.

ACTE TROISIEME.

BACCHANTES.

Mˡˡᵉ. LYONNOIS.

Mˡˡᵉˢ. MESCAR, ASSELIN.

Mˡˡᵉˢ. Chevrié, Couppé, Marquise, Chaumard,
Maupain, Riquet, Demiré, Martigni.

ACTE QUATRIEME.

JEUX ET PLAISIRS.

Mr VESTRIS.

Mlle VESTRIS.

M^{rs}. Feuillade, Lelievre, Beate, Dubois,
Dupré, Martin.

Mlles. Couppé, Chaumard, Maupain, Riquet,
Demiré, Martigni.

ACTE CINQUIEME.

PREMIER DIVERTISSEMENT.

HÉBÉ,

Mlle. PUVIGNÉE.

SUITE D'HÉBÉ.

M^{rs}. Feuillade, Lelievre, Beate, Dubois, Trupty, Martin.

Mlles. Chevrié, Couppé, Marquise, Maupain, Mescar, Asselin.

SECOND DIVERTISSEMENT.

DIVINITÉS DES BOIS.

Mlle. LANY.

M^{rs}. LAVAL, LYONNOIS.

Mlles. CHAUMARD, DEMIRÉ.

M^{rs}. Henry, Dupré, Rivet, Desplaces.

Mlles. Riquet, Morel, Procope, Martigny.

ÉNÉE.

ÉNÉE ET LAVINIE,
TRAGÉDIE.

ACTE PREMIER.

Le Théâtre repréfente le Temple de Janus , dont les portes font ouvertes , la Guerre entre Énée & Turnus n'étant pas terminée. On voit dans le fond du Temple la ftatue de Janus , aux pieds de laquelle font enchaînées la Difcorde , la Haine , la Fureur & la Guerre.

SCENE PREMIERE,
ÉNÉE ILIONÉE.
ILIONÉE.

ENFIN voici le jour qui donne à la Princeffe
Ou Vous, ou Turnus pour époux ;
Le Roi va choifir entre vous :
Chaffés cette fombre trifteffe :

A

Pourquoi vous refuser à l'espoir le plus doux ?
ÉNÉE.

Non, ne me flatte point d'une espérance vaine.
De mes tendres soûpirs je recevrois le prix,
Malgré l'heureux Turnus appuyé par la Reine!
Non, ne me flatte point d'une espérance vaine:
Non, je connois trop bien le sort qui me poursuit.

SCENE II.

ÉNEÉ, LAVINIE, ILIONÉE, CAMILLE.

ÉNÉE.

Daignés vous arrêter, Princesse trop char-
 mante ;
Tournés les yeux sur moi : j'attends ici mon sort;
J'attends dans un moment ou la vie ou la mort.
Quel moment, juste Ciel! mon cœur s'en épou-
 vente.

LAVINIE.

Il est vrai que ce jour va régler les destins
 Des trop infortunés Troyens :
 Vous sortirés du-moins d'incertitude ;
Vous saurés si les Dieux dèsarmant leur courroux,…

É N É E.

Je vais favoir fi je dois être à vous,
C'eſt toute mon inquiétude.

Sur mon deſtin malheureux
Un regard de vos beaux yeux
Eſt l'oracle que j'implore :
Accordés à qui vous adore
Un feul regard de vos beaux yeux.

L A V I N I E.

Dans mes regards que pourriés-vous apprendre ?
Entre Vous & Turnus le Roi feul choiſira.

É N É E.

A ce choix, quelqu'il foit, votre cœur fe rendra ?
Ah ! ceſſés de vous en défendre.

Oui, l'amour prépare à vos vœux
Le fuccès le plus favorable ;
Peut-il céder à d'autres Dieux
Le foin de rendre heureux
L'objet le plus aimable ?
Princeſſe, ne différés pas,
Parlés, nommés l'Amant que votre cœur préfere.

L A V I N I E.

A quoi m'expôferois-je, hélas !

En prévenant le choix d'un Pere?

ÉNÉE.

O Vénus, o mere d'amour!
Croirai-je encor que je vous dois le jour?

LAVINIE.

J'entends que le Roi vient; l'heure fatale arrive!

ÉNÉE.

Vous ne raſſûrés point mon âme trop craintive!

LAVINIE.

Prince, ſi dans ce jour le choix m'étoit permis,
Vous pourriés reconnoître
Que Vénus a toûjours favoriſé ſon fils.

ÉNÉE.

Ah, Ciel! ſe pouroit-il. . . .

LAVINIE.

Je vois le Roi paroître.

SCENE III.

LE ROI, LA REINE, LAVINIE, ÉNÉE, TURNUS, ILIONÉE, CAMILLE, Prêtres de Janus, Soldats Troyens, Soldats Rutules, Peuples Latins.

LE ROI.

Vous qui dans les combats futes si redoutés,
  Nobles Rivaux, qui consentés
  A terminer une guerre crüelle ;
Je vais dans ce grand jour prononcer entre vous ;
De Lavinie enfin je vais nommer l'époux.
Puisse mon choix produire une paix éternelle !

O Janus ! c'est à toi de nous rendre la paix.
  Retiens captives desormais
La Guerre, la Fureur, la Discorde & la Haine ;
Retiens-les à tes piés sous une même chaîne.

CHŒUR.

O Janus ! c'est à toi de nous rendre la paix.

*Danse des peuples, qui demandent à Janus le retour
de l'âge d'or.*

CHŒUR.

Jours heureux, jours pleins de charmes,
Recommencés votre cours.
Vous qui coûliés sans allarmes,
Revenés, aimables jours.

On danse.

UNE TROYENNE,

Doux charme de nos âmes,
Plaisirs, Amours, regnés sur tous les cœurs;
La Paix va rallumer vos flâmes;
Plaisirs, Amours, soyés nos seuls vainqueurs.

Que le feu de la guerre
Céde au feu de l'amour.
Qu'il enflâme à son tour
Et les Cieux & la Terre:
Qu'en ces lieux desormais
Tout respire la paix.

Doux charme de nos âmes, &c.

On danse.

LE ROI.

Ministres de Janus, vous que de ses mysteres
Il a rendu dépositaires,
Pour marque de la paix, fermés l'auguste lieu
Habité par le Dieu.

Les Prêtres ferment les portes avec cérémonie.

LE GRAND PRÉTRE.

Que l'on garde un profond silence,
Le Roi va déclarer son choix.
Si les Dieux aux humains refusent leur présence,
Ils daignent leur parler par la bouche des Rois.

Dans ce moment les portes du Temple s'ouvrent d'elles-
mêmes avec un grand bruit, tout le Temple paroît en
feu ; les quatre Déïtes enchaînées aux piés de Janus
s'envolent.

C H Œ U R.

Quel bruit affreux se fait entendre !
Quel spectacle est offert à nos yeux étonnés ?
Charmante Paix, que nous ôsions attendre,
Est-ce ainsi que vous revenés ?

Junon descend du Ciel.

SCENE IV.

JUNON, *& les Acteurs de la scéne précédente.*

JUNON, dans son char.

VOus ôsés préparer une paix qui m'offense !
Tremblés.... Et vous, Turnus, consommés ma ven-
geance !
Chassés des bords Ausoniens
Les perfides Troyens.

Que les plus horribles tempêtes
Sur ces peuples errants s'assemblent dans les airs :
Que la foudre s'enflâme & gronde sur leurs têtes ;
Qu'ils soient precipités dans l'abîme des mers !

SCENE

SCENE V.

LE ROI, LA REINE, LAVINIE, ÉNÉE,
TURNUS, &c.

LE ROI.

QU'ai-je entendu ? grand Dieux ! quel excès
     de colere !
Les Dieux connoissent-ils ces transports furïeux ?

ÉNÉE.

Esperons du secours ; si Junon m'est contraire,
J'ai d'autres Dieux pour moi, qui partagent les
     Cieux.

LE ROI.

Sortons, ne songeons plus au choix que j'allois
     faire :
Nous devons ce respect à la Reine des Dieux.

B

SCENE VI.
LA REINE, TURNUS.

ENSEMBLE.

TRïomphons , trïomphons ! tout nous eſt
favorable :
Accablons les Troyens, ne les épargnons plus :
Par une vengeance implacable
Réparons les moments que nous avons perdus.

FIN DU PREMIER ACTE.

ACTE SECOND.

Le Théâtre repréſente un bois conſacré à Faunus.
On voit dans le fond la Statue du Dieu.

SCENE PREMIERE.

LAVINIE, ſeule.

Toi, qui ſouvent nous marques ta préſence
    Dans ce bois qui t'eſt conſacré,
Faunus, toi dont mon pere a reçu la naiſſance,
Permets à mes ſoûpirs de troubler le ſilence
    De ce ſéjour ſi révéré.

Le deſtin contre moi s'eſt enfin déclaré;
Du malheur qui m'attend j'ai l'entiere aſſûrance:
    Reçois la triſte confidence

B ij

Des fecrettes douleurs d'un cœur defefperé.
Permets à mes foûpirs de troubler le filence
De ce féjour fi révéré.

SCENE II.

CAMILLE, LAVINIE,

CAMILLE.

Pourquoi dans ce lieu folitaire
Venés-vous de vos pleurs entretenir le cours?
Si Junon pourfuit toûjours
Le Héros qui fait vous plaire,
La Déeffe des amours
N'eft pas un foible fecours.

LAVINIE.

Ah ! que peut-il attendre
Du fecours de Vénus ?

Elle a caufé les feux qui vinrent me furprendre ;
Je l'aime, je le plains, & ne puis rien de plus.
Ah ! que peut-il attendre
Du fecours de Vénus ?

Lorfque du haut des Cieux Junon vient de def-
cendre
Pour armer contre lui mon pere avec Turnus,

L'objet d'une flâme ſi tendre
N'a pour lui que ces pleurs que tu me vois ré-
    pandre,
Et qui lui ſont même inconnus.
    Ah! que peut-il attendre
    Du ſecours de Vénus ?

SCENE III.

LE ROI, LAVINIE, CAMILLE.

LE ROI.

MA fille, je ne puis renoncer qu'avec peine
A l'eſpoir de la paix dont j'ôſois me flater :
Peut-être que le Ciel n'approuve point la haine
    Que Junon a fait éclater.
Dans le doute où je ſuis j'ai recours à mon pere :
Son Oracle ſouvent me conduit & m'éclaire ;
    Et je viens pour le conſulter.

    Habitant redoutable
    De ces antres & de ces bois,
Toi, pour qui l'avenir n'a rien d'impénétrable ;
Toi, qu'oblige le ſang à m'être favorable,
Tu peux ſeul diſſiper le trouble où tu me vois ;
    Daigne faire entendre ta voix.

SCENE IV.

LE ROI, LAVINIE, CAMILLE, FAUNES ET DRIADES.

***CHŒUR* DE FAUNES ET DE DRIADES.**

Quittons nos demeures sauvages,
Sortons de nos antres secrets ;
Ecoutons, écoutons le Dieu de ces forêts.
De l'obscur avenir il perce les nüages :
Ecoutons, écoutons le Dieu de ces forêts.

L'ORACLE DE FAUNUS.

Les Amours vont bien-tôt ramener parmi vous
La Paix qu'ils en avoient bannie.
Le Ciel suivra les vœux de Lavinie
Sur le choix d'un Époux.

LE ROI.

Ma fille, tu le vois, nos frayeurs étoient vaines ;
La fureur de Junon n'a qu'un foible pouvoir.

LAVINIE,

Eussions-nous ôsé dans nos peines
Nous flatter d'un si doux espoir ?

*Danse des Faunes & des Driades, qui marquent leur
joie d'un Oracle si favorable.*

DEUX FAUNES.

Chantons cent & cent fois,
Rendons hommage au Dieu des bois;
Il perce la nuit des tems
Sur le deſtin des Amants:
S'ils aiment bien, s'ils ſont charmants,
Il voit la fin de leurs tourments.
Jeunes Beautés, quel ſorr plus doux!
De tels oracles ſont faits pour vous.

Avec un cœur qui ſait aimer,
Goûtés le plaiſir de charmer;
Non, rien ne doit vous allarmer:
Malgré les deſtins jaloux,
L'Amour nous protege tous:
Brûlés, imités-nous:
Peut-on aſſés reſſentir ſes coups?
Voici le jour des Ris, des Jeux,
Le Dieu Faunus remplit nos vœux:
L'Oracle enfin a prononcé;
L'auguſte Himen eſt annoncé:
C'eſt l'âge d'or
Qui renaît encor.

On danſe.

LE ROI, à LAVINIE.

Entre les deux Héros il faut que tu choisisses.
Songe à régler enfin le sort qui les attend.
Sans-doute que les Dieux à tes vœux si propices
Daigneront t'éclairer sur ce choix important.

SCENE V.

LAVINIE.

D'Où me vient un bonheur qui passe mon attente?
Ciel, Oracle, Destins dont la faveur m'enchante,
   M'est-il permis de m'assûrer sur vous ?
Ah ! sans-doute Vénus m'accorde un sort si doux!
Je me livre au bonheur dont ma peine est suivie:
Grands Dieux , de quels plaisirs mon cœur est
       pénétré!
Un aimable Héros, en secret adoré ,
Recevra de ma main le bonheur de sa vie ;
   Il pourroit le tenir du Roi ;
Mais que j'aime à penser qu'il tiendra tout de moi!

On entend une Simphonie.

   Dieux , quelle est ma frayeur mortelle !
Une obscure vapeur s'éleve des Enfers !
Quels fantômes sortis de la nuit éternelle
               Osent

Ofent paroître dans les airs ?
Où fuis-je ? quel eft mon effroi ?
Dieux ! juftes Dieux ! quel fpectacle terrible ?
Dérobons-nous, s'il eft poffible.

SCENE VI.

LAVINIE, L'OMBRE DE DIDON.

L'OMBRE.

ARRête, Lavinie, écoute, écoute moi.
  Je fus Didon, je regnai dans Carthage.
Un Etranger, rebut des flots & de l'orage,
De ma prodigue main reçut mille bienfaits.
L'amour en fa faveur avoit féduit mon âme ;
Par une feinte ardeur il augmenta ma flâme,
  Et m'abandonna pour jamais.

LAVINIE.

Ah, quelle trahifon !

L'OMBRE.

Mon dèfefpoir extrême
Arma mon bras contre moi-même :
Ma mort ne put toucher mon indigne vainqueur.

C

LAVINIE.

Le perfide! l'ingrat!

L'OMBRE.

Cet ingrat, ce perfide,
C'eſt ce même Troyen, pour qui l'amour décide
Dans le fond de ton cœur.

SCENE VII.
LAVINIE.

Une Amante ſi généreuſe
Voit ſon amour payé du plus crüel trépas!
Que ne te dois-je point, o Reine malheureuſe!
Qui jamais m'eût fait voir, hélas!
Le précipice affreux qui s'ouvroit ſous mes pas?

FIN DU SECOND ACTE.

ACTE TROISIEME.

Le Théâtre repréfente les Jardins d'un Palais de Cir-
cé, qu'elle a laiffé à Latinus fon petit-fils.

SCENE PREMIERE.
LA REINE, TURNUS.
LA REINE

Puifque ma fille encor ne fuit pas mon attente,
  Non, il n'eft rien que je ne tente.
Bacchus eft aujourd'hui célébré parmi nous,
Il ne voit les Troyens que d'un œil de couroux :
  Tournons contr'eux les fureurs qu'il infpire,
Peut être aidera-t-il lui-même nos tranfports.
Peut-être ferons-nous que le peuple confpire
  A les chaffer tous de ces bords.

La Princeffe paroît, je vous laiffe avec elle :
  La fête de Bacchus m'appelle.

SCENE II.

LAVINIE, TURNUS, CAMILLE.

TURNUS.

PRinceffe , eft-il donc vrai que vos vœux fi
   long-tems
Entre Enée & Turnus puiffent être flotants?

LAVINIE.

Souffrés avec moins de colere
Que je ne précipite rien :
Le choix que je dois faire
Regle le fort des États de mon Pere,
Et décide du mien.

TURNUS.

Ne me trompés point, Inhumaine,
Je ne connois que trop quel eft votre embarras :
Non , vous ne balancés pas ;
Ce n'eft point votre choix qui vous rend incer-
   taine ,
Vous tremblés feulement à nous le déclarer ;
Et plus vous y fentés de peine,
Plus je vois quel Amant vous voulés préférer.

LAVINIE.

Si mon choix étoit fait, quelle raison secrette
M'obligeroit de le cacher?

TURNUS.

Ah! pourriés-vous ne vous pas reprocher
L'injure que vous m'auriés faites?

Je suis du sang dont vous sortés;
Je vous aimai dès l'âge le plus tendre;
Mes vœux sont les premiers qu'on vous ait fait
entendre,
Et vos fers sont les seuls que mon cœur ait portés.
Ne redoutés-vous point une honte éternelle
En nommant un Troyen inconnu dans lieux,
Qui peut-être pour d'autres yeux
Brûla souvent d'une flâme infidelle?
Vous vous troublés!

LAVINIE.

Seigneur......

TURNUS.

Ce trouble que je voi
M'apprend ce qu'il faut que j'espere:
Vous voyés, malgré vous, tout le prix de ma foi,
Et vous sentés avec colere

Que la raifon vous parle encor pour moi.

L A V I N I E.

Il eſt vrai, la raifon pour vous fe fait entendre;
Mais elle peut auffi parler pour un rival.
Le deſtin de tous deux de mon choix doit dé-
  pendre ;
  Vous êtes dans un rang égal.

T U R N U S.

Hé ! peut-il comme moi vous aimer pour vous-
  même ?
Haï des Dieux, errant, & partout rebuté,
Il n'a que votre Himen pour fuir l'horreur ex-
  trême
Du fort qui le pourfuit, & qu'il a mérité.

L A V I N I E.

Des vœux intéreffés n'ont guere de puiffance.
Si par de feints foûpirs on prétend m'impôfer,
Je faurai démêler un deffein qui m'offenfe.

T U R N U S.

Vous faurés vous le déguifer.

Mais je ne prétends pas immoler ma tendreffe:
J'aurai pour impôfer à la témérité

Et combattre votre foiblesse ,
Les plus grands Dieux, la Reine, & mon cœur
    irrité.

SCENE III.
LAVINIE, CAMILLE.

LAVINIE.

Quelle superbe plainte a-t-il ôsé me faire ?
    Quel est ce fier emportement ?

CAMILLE.

Quoi, vous le condamnés ? ah , quel égarement !
Nommés, nommés Turnus ; c'est un choix né-
    cessaire :
Envain l'amour en ordonne autrement.

LAVINIE.

Permets du moins-que ce choix se differe :
Eteindre son amour , immoler son Amant,
    Est-ce l'ouvrage d'un moment ?

CAMILLE.

Vous avés entendu la Reine de Carthage ,
Er contre cet ingrat vous manqués de courage ?

L A V I N I E.

Ne me preſſe point tant, je le connois trop bien.
Turnus ſait mieux aimer, Turnus eſt plus ſincere :
    Pourquoi l'infidele Troyen
    A-t-il ſi bien le don de plaire ?

On entend un prelude.

L A V I N I E.

Qu'entends-je ! quel bruit confus ?

C A M I L L E.

Ce ſont les Fêtes éclatantes
Qu'on offre en ce jour à Bacchus :
La Reine conduit les Bacchantes.

SCENE

SCENE IV.

LA REINE, LAVINIE, *Troupe qui célebre
la fête de* BACCHUS.

On danse.

CHŒUR.

CHantons Bacchus & ses bienfaits.
   Quels fruits ont plus d'attraits
Que les fruits dont-il se couronne ?
Les plaisirs ne quittent jamais
L'aimable cour qui l'environne :
La raison fuit dès qu'il l'ordonne,
Et laisse les humains en paix.
Chantons Bacchus & ses bienfaits.

On danse.

LA REINE, *alternativement avec le Chœur.*

Heureux les lieux où sa présence
   Répand mille appas !
   Heureux les climats
Qui lui donnerent la naissance !
Heureux les lieux ou sa présence
   Répand mille appas !

On danse.

D

LA REINE.

Les Troyens déteſtent la Grece ;
Bacchus y prit naiſſance, il la comble de biens ;
 Allons, que chacun s'empreſſe
 A pourſuivre les Troyens.

 Une fureur divine ſaiſit toute la troupe.

LA REINE ET LE CHŒUR.

Cherchons en tous lieux nos Victimes,
Cherchons les Troyens, hatons nous,
Que l'éxil les diſperſe tous ,
Que le fer puniſſe leurs crimes ,
Qu'ils périſſent dans les abîmes
 De la Mer en courroux !

O, Toi, qui contre eux nous animes
Par des fureurs ſi légitimes ,
Bacchus, tu dois être jaloux
D'égaler Junon par tes coups :
Vien, frappe avec nous tes victimes !

LA REINE.

 Toi, qui par des tranſports puiſſants
 Te rends le maître de nos âmes ,
 De Lavinie embrâſe tous les ſens ;
 Inſpire lui la haine que je ſens
 Et la fureur dont tu m'enflâmes ;

Defcends dans fon cœur, defcends.

Danfe des Bacchantes furieufes, autour de Lavinie.

LAVINIE.

Où fuis-je ? ô Ciel! dans les murs de Carthage
    Qui m'a pu foudain tranfporter?
    J'yvois les feux allumés par la rage
    D'une amante que l'on outrage ;
    Je la vois s'y precipiter ;
    J'entend fes cris: Dieux ! elle expire
En nommant un ingrat infenfible à fa mort.
C'eft envain qu'en ces lieux ton lâche cœur afpire
    A me faire un femblable fort ;
Va, perfide Troyen , cherche une autre con-
    quête !
    Reine écoutés.... écoutés tous.
Je choifis. . . .

LA REINE.

Déclarés un choix digne de vous.

LAVINIE...

Malheureufe Didon !...

LA REINE ET LE CHŒUR

      Parlés : qui vous arrête ?
         D ij

LAVINIE.

Je choisis Turnus pour époux.

CHŒUR.

Que nos cris d'allegreſſe
S'élevent juſqu'aux Cieux ;
Nous ſommes victorïeux :
Chantons, chantons ſans ceſſe ;
Nous ſommes victorïeux.
Que nos cris d'allegreſſe
S'élevent juſqu'aux Cieux.

FIN DU TROISIÉME ACTE.

ACTE QUATRIEME

Le Théâtre repréſente le palais de Circé.

SCENE PREMIERE.
ÉNÉE, ILIONÉE.
ILIONÉE.

Où courés-vous? quel ſoin vous preſſe?

ÉNÉE.

Je cherche par tout la Princeſſe,
Je veux lui reprocher ſon choix;
Je veux la voir pour la derniere fois.

ILIONÉE.

O, Junon, quel effet de ton pouvoir ſuprême!

ÉNÉE.

Je perds l'azile heureux promis à nos travaux,
Et c'eſt le moindre de mes maux:

Quelle foibleſſe extrême !
L'inexprimable douleur
De perdre l'objet qu'on aime
Rend inſenſible à tout autre malheur.

SCENE II.
ÉNÉE ET LAVINIE.
ÉNÉE.

ME cherchés - vous, Crüelle ?
Venés - vous inſulter à ma douleur mortelle ?
Ah ! laiſſés - moi mourir :
Laiſſés - moi diſpôſer de mon dernier ſoûpir.
Que dis je ? non, venés, venés répondre
Aux reproches qui vous ſont dûs:
Je veux en mourant vous confondre
Sur l'injuſte choix de Turnus.
Mes tranſports , mon amour.... je ſens que je
m'égare. ...
Il regne en mon eſprit un dèſordre fatal.
Hélas ! eſt-il bien vrai que votre cœur barbare
Me ſacrifie à mon rival ?

LAVINIE.

Vous prenés un ſoin inutile;
Que vous ſert d'étaler une feinte douleur ?

Si l'himen en ces lieux vous fait un fort tran-
 quille,
  Ma perte eſt un foible malheur.

É N É E.

Ah ! que ne puis-je à vos yeux même
 Porter ailleurs mes foûpirs & ma foi !
Pourquoi feindrois-je ici ce dèſeſpoir extrême ?
Que pourrois-je eſpérer ? tout eſt perdu pour moi !

L A V I N I E.

L'amour ſur votre cœur n'a pas tant de puiſſance :
  Didon avoit ſu l'embrâſer ;
Vous vites cependant ſa mort avec conſtance.
La gloire des héros ſans-doute les diſpenſe
De la fidelité, de la reconnoiſſance
Qu'aux vulgaires amants l'amour fait impſöer.

É N É E.

De ce crime odieux ceſſés de m'accuſer.
Didon par ſes bienfaits me prévenoit ſans ceſſe :
  Reconnoiſſant de ſa tendreſſe,
  Plus que touché de ſes appas,
Je lui donnois un cœur, qui ne ſe donnoit pas :
Et ſi je la quittai, tel fut l'ordre ſuprême
  De Jupiter lui-même.

LAVINIE.

O Ciel !

ÉNÉE.

Que nai-je pu, grands Dieux ,
L'aimer, vivre auprès d elle, éloigné de vos yeux!
Je n'éprouverois pas le dèsespoir extrême
Devoir ce que j'adore insensible à mes feux.

LAVINIE.

Hé ! quoi vous m'aimeriés d'un amour si sinecre ?
Laissés-moi plutôt en douter.

ÉNÉE.

D'où vient que je vous vois à vous-même contraire ?
Hé ! quel trouble secret semble vous agiter ?

LAVINIE.

Si j'avois votre cœur, que je serois à plaindre !

ÉNÉE.

Achevés : qui peut vous contraindre ?

LAVINIE.

Qu'aurois-je fait, grands Dieux ! Turnus seroit
nommé ,
Et vous seriés aimé !

ÉNÉE.

ÉNÉE.

Qu'entens-je ! pourquoi donc par un choix si fu-
neste. . . .

LAVINIE.

Les Enfers contre vous ont fait parler Didon,
Une fureur divine, hélas ! a fait le reste :
  Et d'un amant que je deteste,
  Elle a su m'arracher le nom.

ÉNÉE.

D'une aveugle fureur desavoüés l'ouvrage.

LAVINIE.

Ma raison l'approuvoit, & je l'ai dit au Roi :
Ma gloire, mes serments, la Reine, tout m'en-
 gage
  A suivre une crüelle loi.

ÉNÉE.

  Enfin vous partagés ma flâme !
Je consens à mourir, mon sort est assés doux :
Mon rival vous obtient, mais sans toucher votre
 ame ;
Il vivra malheureux ; je meurs aimé de vous.

ÉNÉE ET LAVINIE.

  O Ciel ! quelle infortune extrême !

      E

É N É E.

Je souffre tous les maux dont on peut soûpirer.

L A V I N I E.

Je cause tous les maux qui nous font soûpirer.

É N É E.

Je vais perdre à-jamais le seul objet que j'aime.

L A V I N I E.

Du bien qui m'attendoit je me prive moi-même.

É N É E, L A V I N I E.

O mort ! de nos tourments venés nous délivrer.
O mort ! unissés-nous ; on nous va séparer.

L A V I N I E.

Je vois Turnus ; il faut que je l'évite.

É N É E.

Laissés-moi lui parler ; derobés-lui vos pleurs.
Puisque je suis aimé, ce que mon cœur médite
Peut reparer tous nos malheurs.

SCENE III.

ÉNÉE, TURNUS.

ÉNÉE.

SEigneur, vous cherchés Lavinie;
Permettés qu'un moment j'ôfe arrêter vos pas.
On a fait choix de vous, & la guerre eft finie.
Je fais trop que dans les combats
Le fang de nos fujèts ne fe doit plus répandre;
Mais je puis encor prétendre
Que le fer à la main aux yeux de nos foldats,
Nous terminions feuls nos débats.

TURNUS.

Préféré par l'objet que j'aime,
Je fais que je pourrois ne pas prendre la loi
De votre dèfefpoir extrême;
Mais à la gloire auffi je fai ce que je doi:
J'accepte le combat, & j'obtiendrai du Roi
Qu'il en foit l'arbître fuprême.
Cependant, Seigneur, redoutés
Un rival qui fur vous a déja l'avantage.

É N É E.

La victoire que vous vantés
N'eſt pas pour vous peut-être un ſi charmant préſage.

On entend une harmonie très-douce.

SCENE IV.
É N É E.

J'Entends d'agréables concerts:
    Une clarté plus pure
    Se répand dans les airs.
Un nouveau charme embellit la nature,
    Et pare l'univers.
C'eſt Vénus qui deſcend, tout me fait reconnoître
    La Deeſſe de la beauté.
    Et qu'elle autre divinité
Peut annoncer ainſi qu'elle eſt prête à paroître?

Vénus deſcend des Cieux.

SCENE V.

VÉNUS, ÉNÉE, suite de Vénus ; deux AMOURS
portant des Armes pour Énée.

ÉNÉE.

DÉesse, à qui je puis donner des noms plus
   doux,
      Mere des amours, & ma mere,
      Quel destin, quelle loi sévere
M'a si long-tems fait languir loin de vous ?

VÉNUS.

     Mon fils, connois mieux ma tendresse :
Tu ne vois pas toûjours ce que fait mon pou-
   voir,
En possedant le cœur d'une aimable Princesse,
      Penses tu ne me rien devoir ?
Quand l'Épouse du Dieu qui lance le Tonnerre,
Arme contre tes jours & le Ciel & la Terre,
Apprends ce que j'oppôse à toutes ses fureurs ;
      Je te donne les cœurs.
J'ai fait plus, ton rival a des armes fatales
     Teintes dans les eaux infernales,
Et je t'aporte ici des armes que Vulcain

Vient de forger pour toi d'une immortelle main.

Plaifirs, préfentés-lui les armes
Qui de fon ennemi rendront le fort douteux :
Et vous, Graces, Amours, verfés fur lui les
    charmes
Qui d'un aimable objet redoubleront les feux.

Danfe des Graces & des Plaifirs.

C H Œ U R.

Quels triomphes charmants ! Déeffe de Cythere,
Tu parois, tous les cœurs te demandent des fers.
D'un regard la beauté commande à l'univers :
    C'eft regner que de plaire.

V É N U S.

Doux plaifirs, filés les jours
    D'un fils que j'aime :
De fon fort, Dieu des amours,
Prens foin toi-même.

C H Œ U R.

Vole, regne toûjours,

V É N U S.

Viens, doux Himen, enchaîner fon Amante.

CHŒUR.

Remplis l'attente
Qui les enchante.

VÉNUS.

Vien, repands tes biens charmants.

CHŒUR.

Vien, repands tes biens charmants.

VÉNUS.

Dieu d'amour, tendre amour,
Ramene la Paix :
Rends à cette cour ;
Ses plus doux attraits.

CHŒUR.

Dieu d'amour, &c.

VÉNUS.

Plaifir, remplis mes fouhaits ;
Les Dieux t'ont fait naître exprès :
Regne fans ceffe.

CHŒUR.

Vole, fui ta Déeffe.

VÉNUS.

Forme des chaînes de fleurs.

CHŒUR.

Regne par tes faveurs.

VÉNUS.

Plaisir, remplis tous les cœurs.

CHŒUR.

Tendre Amour, doux Himen, c'est Vénus qui
l'ordonne,
Preparés pour son fils la plus belle couronne.

FIN DU QUATRIEME ACTE.

ACTE

ACTE CINQUIEME

Le Théâtre repréfente le Temple de Junon.

SCENE PREMIERE.

LAVINIE.

QUel trifte fort dans ce Temple m'amene ?
Pourquoi faut-il que j'y fuive la Reine ?
Ici tout reconnoît la Maîtreffe des Dieux ,
   Qui nous hait , & qui nous accable :
   Turnus feroit peu redoutable ,
Sans le fecours qui lui vient de ces lieux.

Peut-être le combat en ce moment commence ,
Peut-être en ce moment Énée eft en danger.
   Juftes Dieux , prenés fa deffenfe !
Ah ! pourriés-vous ne le pas protéger ?

Qu'ai-je dit ? où m'emporte une ardeur téméraire ?
Dans le Temple où je fuis quels vœux ai-je formés ?

F

    Vœux trop ardents, tenés-vous renfermés ;
Vous pourriés de Junon redoubler la colere.
Hélas ! quand pour moi seule il expôse ses jours,
Quand je vois de sa mort l'image menaçante,
    Il faut encor qu'une timide Amante,
Ne puisse de ses vœux lui prêter le secours.

SCENE II.
LA REINE, LAVINIE.

LA REINE.

MA fille, trïomphons ; j'ai fait un sacrifice
    Qui nous promet un heureux sort.
Du plaisir que je sens partage le transport :
Il n'en faut point douter, Junon nous est pro-
        pice,
Et l'on va du Troyen nous annoncer la mort.

LAVINIE.

Sa mort ! ah, je frémis !

LA REINE.

            Quelle est cette surprise ?
Quoi ! contre un ennemi le Ciel nous favorise,
Et j'entends vos soûpirs, je vois coûler vos pleurs ?

LAVINIE.

Puifque ma flâme s'eft trahie,
Je ne vous cache plus mes mortelles douleurs;
Avec cet ennemi je vais perdre la vie.

LA REINE.

Qu'entends - je ? ah ! rougiffés de cet indigne
        amour.

LAVINIE.

Contentés-vous qu'il m'en coûte le jour.

    Chere ombre, qui déjà peut-être
Dans ces funeftes lieux erres autour de moi,
Je veux en te fuivant récompenfer ta foi
    Que j'ai fu fi mal reconnoître.
Je vais ou te venger des crimes que j'ai faits,
    Ou m'unir à toi pour jamais.

SCENE III

LA REINE, LAVINIE.
        On entend un bruit de Triomphe.

LA REINE.

Quels fons ! la Trompette éclatante
Annonce de Turnus le fuccès glorieux.

                        F ij

CHŒUR derriere le Théâtre.

Élevons jusqu'aux Cieux
La valeur triomphante.

LA REINE.

O Junon !

LAVINIE.

Je frémis !

LE CHŒUR.

Chantons le jour heureux
Qui comble notre attente.

Le Roi paroît, conduisant Énée entouré de Soldats & de Peuples.

LA REINE.

Ciel , que vois-je ! Fuyons un Vainqueur odieux.

SCENE VI.

LE ROI, présentant ÉNÉE à LAVINIE.

Venés, digne Héros, que ma fille couronne
Le triomphe éclatant que la Valeur vous donne.

ÉNÉE, à la PRINCESSE.

Ah ! n'accorderiés-vous votre main qu'au Vainqueur ?

Non, qu'elle soit le prix de toute ma tendresse.

LAVINIE.

Vénus peut lire dans mon cœur :
Et vous êtes son fils, croyés-en la Déesse.

ÉNÉE, s'avançant à l'Autel de Junon.

Redoutable Junon, je viens à vos genoux
Par des respects profonds expïer ma victoire :
L'Amour vient d'égaler mon bonheur à ma gloire;
Et dans ce même instant je me soûmets à vous.

LAVINIE.

O Junon ! c'est dans votre Temple
Qu'un cœur comme le mien doit trouver le bon-
heur :
L'Himen fit naître en vous la plus constante ar-
deur,
Laisslés-moi suivre, hélas ! un si charmant exemple.

LAVINIE & ÉNÉE, la main pôsée sur l'Autel.

Par un serment à-jamais respecté

Souffrés { qu'à ce Héros } un tendre Himen me
       { qu'à ma Princesse }
lie.

Nous n'implorons ce nœud si souhaité,
Que pour avoir la liberté

De nous aimer le reſte de la vie.

LE ROI.

Ah, quel préſage heureux ! quelle vive clarté !

SCENE V.

Junon deſcend dans une Gloire, environnée de ſes at-
tributs. Iris eſt auprès d'elle pôſée ſur ſon Arc.
Hébé & d'autres Divinités céleſtes accompagnent
Junon.

JUNON, *dans ſa gloire.*

INvincible Guerrier , Junon vient vous ap-
      prendre
Qu'à vos heureux deſtins elle daigne ſe rendre:
Ma haine contre vous n'a que trop combatu:
Il n'eſt rien qu'à la fin la Vertu ne ſurmonte;
    A Vénus tout céde ſans honte,
Et vous avés pour vous Vénus & la Vertu.

LE ROI, LAVINIE, ÉNÉE.

O ſuprême bonté ! quelle reconnoiſſance !

JUNON.

Partés, Iris; raſſemblés dans ces lieux
Tous les Êtres ſoûmis à mon obéiſſance,

Je veux sur ces Époux signaler ma puissance
A force de les rendre heureux.

Junon disparoît, & Iris descend sur son Arc.

I R I S, alternativement avec le CHŒUR.

Junon commande
Du haut des Cieux jusqu'au fond des Enfers;
Que sur la Terre & dans les Airs
A sa voix tout vole & se rende.

Hébé arrive, suivie des Nimphes, des Zéphirs & d'une troupe de Dieux des Foréts, qui forment un Divertissement.

Junon, comme Déesse des Richesses fait paroître des Personnages qui présentent aux deux Époux de riches présents.

I R I S.

Accourés, riante Jeunesse,
Rassemblés mille & mille jeux:
Plaisirs, Grandeurs, Graces, Richesse,
Brillés, remplissés tous les vœux.

Que la Trompette de Bellone
N'annonce plus que les dons de la Paix;
La plus douce gloire du Trône,
Est dans le bonheur des Sujèts.

Accourés, rïante Jeuneſſe,
Raſſemblés mille & mille jeux:
Plaiſirs, Grandeurs, Graces, Richeſſe,
Brillés, rempliſſés tous les vœux.

F I N.

A P P R O B A T I O N.

JAI lu par Ordre de *Monſeigneur le Chancelier* une *Réimpreſſion* de l'Opéra d'*Énée & Lavinie* , nouvellement remis en *Muſique*. A *Verſailles*, le vingt *Novembre* mil ſept cent cinquante-ſept.

DEMONCRIF.